# 贾飞说致青年

贾飞——著

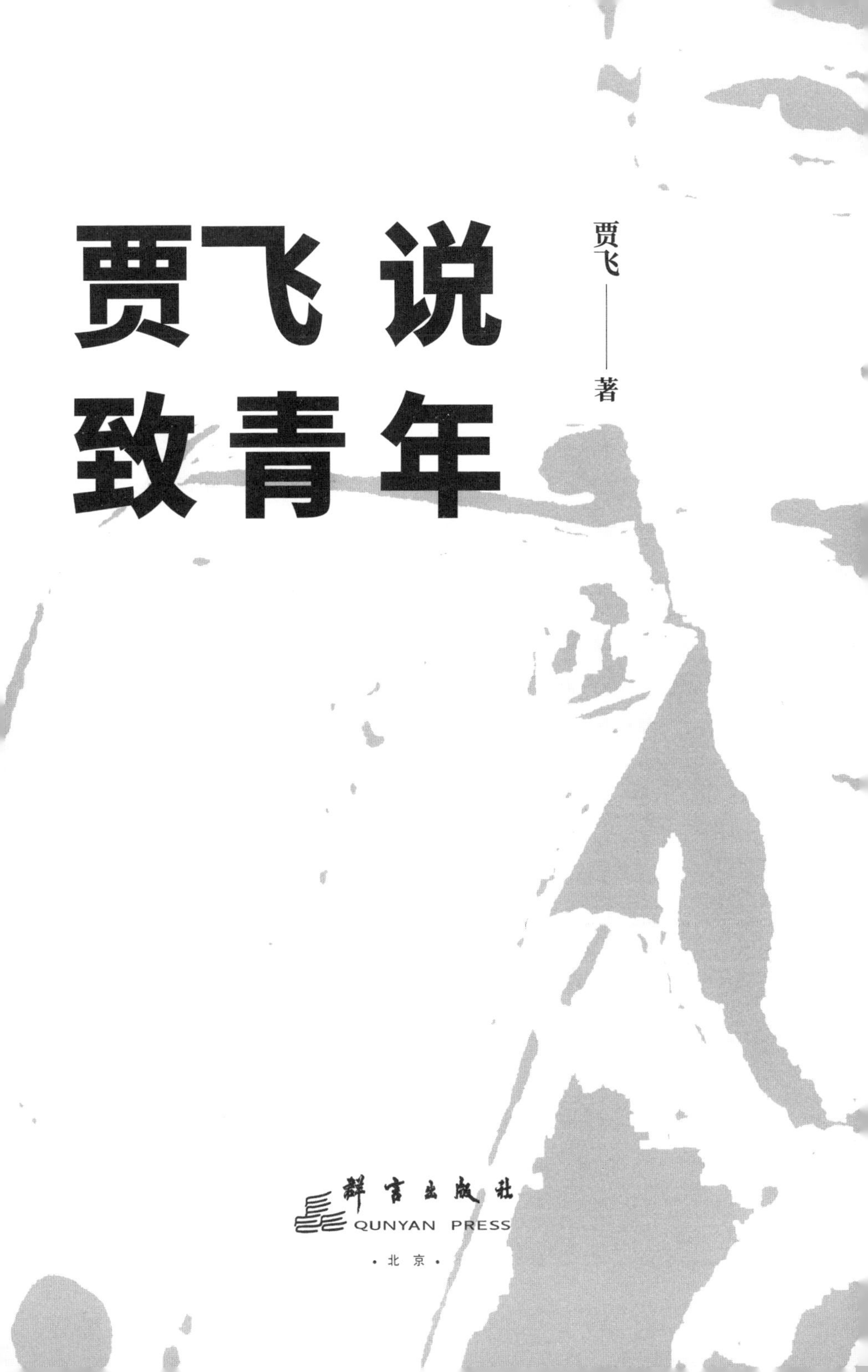

群言出版社
QUNYAN PRESS
·北京·

**图书在版编目（CIP）数据**

贾飞说　致青年 / 贾飞著 . -- 北京 : 群言出版社，2023.1

ISBN 978-7-5193-0767-7

Ⅰ. ①贾… Ⅱ. ①贾… Ⅲ . ①随笔 – 作品集 – 中国 – 当代 Ⅳ . ① I267.1

中国版本图书馆 CIP 数据核字（2022）第 190389 号

**责任编辑**：肖贵平
**封面设计**：吴梦涵

**出版发行**：群言出版社
**地　　址**：北京市东城区东厂胡同北巷 1 号（100006）
**网　　址**：www.qypublish.com（官网书城）
**电子信箱**：qunyancbs@126.com
**联系电话**：010-65267783　65263836
**法律顾问**：北京法政安邦律师事务所
**经　　销**：全国新华书店

**印　　刷**：北京盛通印刷股份有限公司
**版　　次**：2023 年 1 月第 1 版
**印　　次**：2023 年 1 月第 1 次印刷
**开　　本**：880mm × 1230mm　1/32
**印　　张**：7
**字　　数**：46 千字
**书　　号**：ISBN 978-7-5193-0767-7
**定　　价**：58.00 元

# 星空再美，照亮你的才是风景

## （自序）

一个人，只有经历了挫折，才深知道路是不平坦的。一个人，只有遭遇过悲伤，才懂得人生是不完美的。一个人，只有见过了彩虹，才明白浮云不过如是……从事写作许多年了，一直在思考我写的到底是什么，是文学，是历史，还是哲学？心中的疑问，不断萦绕，我却始终拿不定主意。

我们很多人，靠经验在写作，靠遭遇在写作，靠想象在写作……但是，写作的意义，又是什么呢？真是“为天地立心，为生民立命，为往圣继绝学，为万世开太平”吗？有的人，甚至并不知道在写什么，却又陷进了写作的泥潭里。

后来，我通读了中国古今的许多文学经典作品，又大致阅览了中国历朝历代的历史书籍，再加上对欧美国家的传世名作也有所涉猎，于是对文学便有了较为浅显的认识。再后来，经历了人生的风风雨雨，体味了岁月的沧桑多变，遭遇了命运的跌宕起伏，才渐渐明白文学哪里仅仅是文学，写作又怎会仅仅是写作。看似我们在写众生，但是众生却在帮我们写历史。看似我们在记叙往事，实则往事在教我们成长。看似我们在描写着山川日月，其实山川日月在滋养着我们。于是，我开始明白——文学也，人生；人生也，命运；命运也，风雨。我们只不过是在人生的路上，走着命运的步伐，用哲学的思维，观察着这个捉摸不定的世界。

因此，才有了这部思想随笔集《贾飞说 致青年》。它是我对人生的一种理解，也是对命运的一种抒情。整理完这部书稿，我不禁又想起了《围炉夜话》《小窗幽记》《菜根谭》等格言体文本。因为有了它们，才有了后来者的追随。

只有经历过黑夜，才会明白旭日的温情。一部有趣的书，会带给读者一颗有趣的灵魂。希望这本书能像远灯一样，照亮那些在岁月路上跋涉的行人。

# 目录

## 认知和格局

一个人的命运，取决于他的
认知和格局。
一个人的起点，来自他的背景。
在起点相同的情况下，认知和格局，
便起决定作用。
认知和格局，分三个阶段。
第一阶段，要认识自己。很多人，
糊里糊涂一生，多是定位不清、
认识不清。
第二阶段，要识别他人。他人，可
是高人，改变你的思维；他人，可
是友人，帮助你腾飞；他人，可是
亲人，陪伴你成长；他人，可是路人，
点头之交轻如尘。
第三阶段，要悟透人世。人，其实
挺渺小。社会，自然，历史，宇宙，
都有规律可言。做到看清了它们，
便可云淡风轻，获得超然之乐。
总之，悠悠历史，茫茫世界，
每一个人看到的风景，都不一样。

## 人生五富

人生有五富。
一是智富。或许一半归于天生，
一半可后天积累。
二是学富。全为后天努力。
三是文富。基因决定天赋，
努力决定高度。
四是命富。可继承父辈所得，
可拼搏争取。
五是交富。可继承父辈人缘，
可自己开拓，亦可香自招来。
人生，虽不一定五富全得，
有一二富，则美满而无憾。

## 位置与价值

很多人只盯着位置，却忽略了，
自己是否具备相应的价值。
比如，组织给了你这个位置，你有
带来匹配的价值之能力吗？
有没有足够的对上资源，给当地
带来财政、项目、政策等支持？
有没有足够的企业人脉，给当地
招商引资，提供有力的支撑？
有没有足够的政治、经济、文化等
方面的个人才华，让你有判断力和
执行力？

有没有足够的抗风险能力，
来自舆论、对手等方面的压力，
能否安全释放？
有没有夯实的地方根基，可否纵横
捭阖于部门与单位之间，游刃有余
在人与人之间？
有没有想为民服务、为党做事的
决心和魄力？

如果不具备相应的条件和态度，
那么请不要总盯着那些位置，
更不要称“只要给了我平台，
我就能创造价值”，
而应该常常自问自省：“我准备
充分了吗？”

## 鲤鱼

有些人生下来就是龙，失败了还是鲤鱼。

有些人是鲤鱼，失败了就是白丁。

有些人是白丁，一辈子都在失败，所以就对失败麻木了。

有些白丁成了鲤鱼，有些鲤鱼跳了龙门。

## 错付

有一些人，将天赋用错了地方，就变成俗子凡夫。

运气只留给有准备的人。
所谓的“准备”，
不是坐等天上掉馅饼。
千里马常有，伯乐不常有。
千里马要主动寻找伯乐。
但伯乐，始终选的是千里马，而不是驽马。
人生最怕是错付。

## 价值

读书须勤奋，若学业不成，全在
一个“懒”字。
做人须忠信，若步步荆棘，怪在
一个“贪”字。
立志须高远，若无所聊赖，缘因
一个“佛系”。
真正的学问，常立根于市井之间，
绝不奇奇怪怪。
正常的富贵，应多儒气而常济世，
绝不纨绔享乐。
做人，不必太过聪明，亦不可过欲。
若求平稳，不如守住“敦厚”二字。
交友，不应太过繁多，亦不应苛求。
君子如水，闲来常品茶读书。
人过三十，当官、发财、丽景等，
均不应过分强求。
顺势有为，重在一个价值。
是否对他人有价值。
是否对山河有价值。
是否对社会有价值。
是否对历史有价值。

提着如意的行囊，在苍茫的大地上。
不要做不思考的蚂蚁，而应给自己一双翅膀。
这翅膀，或许就是思想。

## 奢侈品

云端之上的风景，沙石下面的
珠宝与黄金，人的美德等，
均是奢侈品。
奢侈品，获取是很难的。

一个人一生中学习知识与文化花的
时间很长，从幼儿园到大学，
等读完博士，需要花二十年以上。
若加上工作后的学习，总耗时甚至
超过经营爱情和婚姻。
当知识与文化，最终结成了果实，
转化成了才华，那就是奢侈品了。
这种奢侈品，有不可复制的价值。

## 层次与境界

人生有三个层次：

第一层次，生存；

第二层次，生活；

第三层次，诗和远方。

有缘人分为三种境界：

第一境界，交易（生意）；

第二境界，交换（合作）；

第三境界，交情（知己）。

所以，人生得一知己，足矣；

倘若有诗和远方，可谓幸福者。

## 资源与平台

资源和平台，只是第一层次。
有许多人，把平台当资源，或把
平台当本事。这只算认清了一半。
另一半，还需要深究。
所以，他们的人生，极有可能悲喜
交加。
真正的资源，不是平台，而是自己。
准确地说，是才华和人品。

鲁迅，不因为是教育部佥事而是
鲁迅，是因为他就是鲁迅。
李白，不因为是翰林而是
李白，是因为他就是李白。
王维，官至尚书右丞。
孟浩然，一介布衣。
但他们合称“王孟”，
没有谁说，孟浩然不如王维。
李白说：
“吾爱孟夫子，风流天下闻。”
其实，读懂了孟浩然，就读懂了人生。
我们不过是宇宙中的尘埃，在天际
若有一刹那，能发光，幸也。

## 不努力

父母不努力，儿女业维艰。
儿女不努力，老后悔无边。

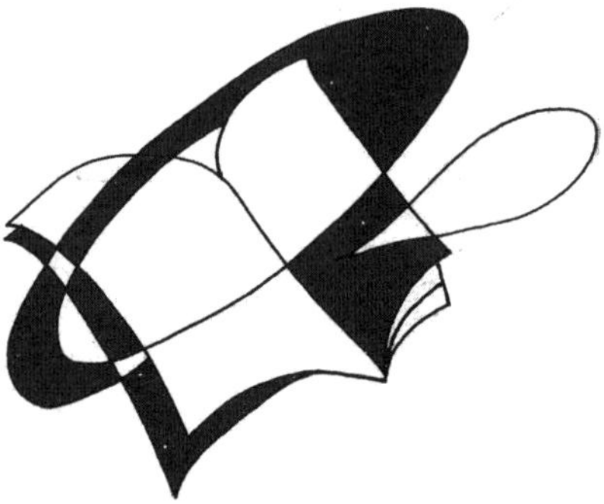

## 为文

为文者，重在傲骨，傲因视宽，
有骨后鲜卑。
为文，归根于文，即文章。
为文以养文气，得文名。
千古文章，质量优先。
才气横溢，自有友来。
文以载道，名扬四海。

## 读书

读书，不是为了鹤立鸡群，
而是为了远离鸡群。
悟道，不是为了功成名就，
而是为了认清沧桑。
一个人到了一定认知，必定孤独。

孤独并不可怕，反而是一种境界。

不要想着去改变或感化那些不懂你的人。

他们不懂你，是他们的认知不足以理解你。

山上的人，其实挺少。

山下的人，拥挤不堪。

当你站在山上时，就不要拿着高音喇叭，与山下的人费劲交流。

这样，你不仅得不到山下人的理解，还会吵着山上悟道的人。

## 识人六法

一观其是否对人真诚。

二考其是否胸有大志。

三看其内心是否伪善。

四察其面色是否如一。

五揣其是否隐藏伪托。

六测其德行以及操守。

## 青春年少

青春年少，应观览历史，以区别于牛马。

壮士暮年，要知晓廉耻，可差异于狗禽。

待人，多留不尽之恩。

处事，常存不尽之智。

荣华富贵，怎能随心而强求。

功名利禄，岂可因势而力取。

闲暇时，租良田几亩，看庭前花开叶落。

忙碌时，留光阴几分，嗅屋后围炉余香。

## 定位

找准了阶段定位，可少悔恨。

找对了职业定位，易出成绩。

## 选择

认定一个爱人。

这个爱人要支持欣赏你并爱护你。

找对一个老师。

思想大家，可统一看作一个老师。

进对一个圈子。

恩人和亲人圈，就是一个圈。

交对一帮朋友。

认可尊重自己的才算朋友，其他的是路人。

选对几个知音。

思想上，工作上，生活上等等，

选对帮自己的那些知音。

## 古人如此

为人子，重在于孝与爱。
为人父，重在于慈与严。
为人友，重在于诚与信。
修身，则可以明道。
尊贤，则可以无惑。
爱亲，则可以和睦。
敬官，则可以有序。
亲民，则可以太平。
以道德修身，劝贤人。
以官级权位，劝大臣。
以美名重禄，劝文士。
以轻徭薄赋，劝百姓。
以绩效荣誉，劝工匠。
博学而审问，慎思又明辨，
可以笃行之。

## 人生七则

居行事动，心中有数，
观天地日月，悟自然之理，谓之道。
爱江山与大众，与众人乐，
令众人均有获，谓之德。
兼爱无私，致利除害，谓之仁。
明辨是非，恩怨分明，谓之义。
进退有度，尊卑有序，谓之礼。
阅历史，读文章，看社会，
人之所知也，谓之智。
信守承诺，言行一致，谓之信。
此之谓人生七则：
道德仁义礼智信。
倘若循之，必是可交之人。

## 才德

无才无德，是蠢人——
不成栋梁，近似蝼蚁。
有德无才，是庸人——
于事无用，于业无益。
有才无德，是奸人——
事虽能成，后患无穷。
德才兼备，是圣人——
事可顺成，业亦能期。

## 富读诗书

富须读书，少智，则困惑于烟尘。
贵要积德，不积，反受害于刻薄。
贫应立志，无志，则惨淡于浮生。
愚且亲贤，缺慧，当无助于世事。

## 穷能济人

穷能济人，乃真恩泽。

闹中读书，是真学道。

富贵，则是无情之物，勿看得太重。

贫贱，可见有根之源，应视若浮萍。

春光明霞虽美，常消失于云端。

声色财酒易醉，总沉迷于尘世。

人生苦短，选一雅处，听鸟语悠扬。

岁月静好，择一好书，阅历史典章。

## 山野间

人之童幼，应嬉戏于山野间，
亲近泥土与芬芳，游乐林木与云霞。
人之年少，则苦读于书简，
纵横于春秋，重温于历史。
人之青壮，须立志于四方，
济物利人，执着于万象。
人之中年，应自省于现实，
知天命，坦然接受平凡。
人之老年，可游戏于山水，
尚风雅，自在于云下。

## 角度

站在低处时，再低就入土了，
何谈低调。
身居高位时，再高就过云端，
已不胜寒。
低调，是高位者的谦辞。
高调，是低下者的仰望。
无论高调，还是低调，都有一个度，
一个平衡。
《小马过河》的故事，或可参考。

## 自由

人最难得的是做自己。
一个人在社会中，应该活得有自己的风骨，并有个人的自由。
我有一个朋友，
他经常穿着一双布鞋，一件棉衣，
去和高官富商一起喝茶。

后来，我朋友圈里也有富贵名流，与他们喝茶交流时，我内心也变得淡然，因为只是日常。

人人都有做自己的自由，此若不能，其他何谈？

## 级别

有一部分人，特别注重级别。
然而，他们又似乎分不清楚级别。
灵魂有级别，思想和文化有层次。
身份的级别，是一种暂时存在。

## 价值与无用

无论是做事，还是做人，
都应该考量是否有价值。
一个人重要与否，关键看你
对别人是否有价值。
这价值又有有形和无形之分。
精神价值，以思想指导人，以情感
愉悦人，以信仰启发人。
物资价值，给人带来实惠，给人
提供赞助，解人燃眉之急。

往大了说，价值有三种。
一是对思想的进步，有没有价值。
二是对物质的积累，有没有价值。
三是对人类自身的进步，有没有价值。

有的人，先天下之忧而忧；
有的人，后天下之乐而乐。
如果没有价值，那么，则是无用。
无用则无聊，无聊则无趣。

## 上限

不要想官当多大，

也不要想钱挣多少，

更不要想去改变谁。

有多大的背景，

有多大的抗风险能力。

有多大的才德，

就做多大的事。

自古以来，人所能及皆有上限。

## 爱的方式

富人爱你，借你以财物。
仁人爱你，赠你以格言。
高人爱你，教你以经验。
亲人爱你，给你以陪伴。
生活爱你，赐你以挫折。
命运爱你，送你以春风。

## 效果

同样的材质，同样的平台，同样的空间，交给不同的人去做，
效果却完全不一样。
有的人，不仅做不成功，还会弄出一堆问题。
有的人，却将事情做得完美，
并延伸到更高的层次。
正如同样都是土与石头，
有人建了猪圈，有人造了宫殿。

## 机会

人的一生中，改变命运的机会，
次数不多。
没有人在这个时候一定应该帮助你。
怀感恩之心，铭记帮过自己的人。
在该出手的时候，一定要全力以赴，
回馈他们。
这样，会获得更多人来帮你的机会。

## 读书

读书是终生的事情，不是说两三年
就能见到多大效果的。
所谓“听君一席话，胜读十年书”
前提是，先读了十年书，
才能听明白智者的一席话。
否则，智者言于你，相当于对牛弹琴。
因此，读书十年，
仅是知识启迪人生的第一个阶段。

## 过程

不要以为读了十年或者二十年书，
就以为自己有所成了。
有十年以上的阅读史，
只能说这个人有一定的学识。

就好像吃了蛋糕一样，吃了几百个
蛋糕，只能算分清楚了蛋糕的品质，
有鉴赏优劣的能力，但却并不一定
能自己做出优质的蛋糕。
正如评论家读了几千本书，虽可以
纵横四海点评古今名著，
但离创作出经典还有很远的距离。
所以，阅读、鉴别、创作，
这是一个循序渐进的过程。
创作，远远不是努力就能出经典的
差事，更多的却需要天赋与才情，
以及对生命及生活的体验与感悟。

## 阅读

人的一生中需要读两千本书，行
万里路。
行万里路，没有什么难的，
谁都能做到。
当读了两千本书以后，
所行的万里路也会变得更深刻。
做完这些后，枕头上只需要放
几本书，就够了。
这几本书，将伴随着我们的一生。

## 驴

有一只野驴在路上碰到了一只家驴，
野驴说：“瞧，看我多自由，不仅
能上山下谷吃野草，还能欣赏无边
的风景。而你只能每天驮运粮食，
被主人用绳子牵着来回走。”
家驴很羡慕野驴，
但转而对不可预知的外面世界，
感到有些害怕。
这时，刚好有一只狮子奔来。主人
拿着猎枪对准狮子，大声吼叫。
狮子害怕了，追野驴去了。没过多久，
野驴成了狮子的晚餐……

## 智者

智者，用愚人之所长，

不用其所拙，而用其所工。

与智者言，依凭博。

与博者言，依凭辨。

与辩者言，依凭要。

与贵者言，依凭势。

与贫者言，依凭利。

与贱者言，依凭谦。

与勇者言，依凭敢。

与愚者言，依凭锐。

## 斯可矣

孔子说，“再，斯可矣”。

做事不可太过拖泥带水，当断不断，犹豫不决。

倘若迟疑不决，则机必失，悔之。

## 标准

官再大，级别再高，才华再好，
别人不认可你，不愿意与你交往，
你还是抵不上二两腊肉。
所以，古人说，人生逢一知己足矣。
要珍惜那些认可并帮助过你的人。

## 山水一程

相逢，何必萍水，

相知，何必故交，

相爱，何必红颜，

相助，何必亲友。

人生在世，一本书，一杯茶，一间陋室。

山一程，水一程，山水更一程。

在乎的不一定是职位。

看重的不一定是钱财。

遗憾的也不一定是情感。

喜欢则可。

有些人是心甘情愿。

有些人是远离和婉拒。

有些风景，一次就好。

## 不以物喜，不以己悲

人家喜欢你，或许是因为你的颜值；
人家欣赏你，或许是因为你的才学；
人家敬重你，或许是因为你的权位；
人家讨好你，或许是因为你的钱财。
当他们喜欢你、欣赏你、敬重你、讨好你时，你大可坦然接受。因为，他们看重的并不是你这个人，而是你身上的光环。
但是，你也得时刻提醒自己，随时准备着这“看重”，
会在某一天突然消逝。
当到那一刻，也大可不必悲伤，
因为你面对的是你早已面对的自己。

## 人生三交

一个人，一生中，有几种朋友。
一是，点头之交轻如尘。这样的朋友，是过客，是风景，也是来来去去的戏中人。
二是，君子之交淡如水。这样的朋友，如一阵清风，叶过无痕，风过无影。
三是，滴水之恩浓于血。这样的朋友，不多，三五人足矣，但总在关键的时刻出现。
生活亦不过三交也。
交易。交换。交情。
于是，你用情有多深，命运爱你便有多真。

## 围城

人生是一座围城。城内与城外，均不重要。

重要的是爬上城墙，既能宁静以致远，又能旷达以弘毅。

## 新发展

社会新发展理念，同样适用于人。

创新。一个人要有新思想，新思维，古为今用，今又更新，必将与时俱进。

协调。人与人之间，不平衡，不对等，有差异，很正常，需要协调，才能求同存异。

绿色。君子之交淡如水。
多一份真诚，少一些套路。
这年代愚蠢的人，已经不多了。
以真相交，以诚相待。
关系才能长久，友情才能永固。
开放。往大了说，国家需要开放。
往小了说，人也需要开放。
不能故步自封，要知道人外有人，
天外有天。
敞开心扉，必将拥抱更灿烂的蓝天。

共享。资源、知识、机会等共享，
才能创造更多的机会和价值。
它类似于区块链，又不是区块链。
准确地说，共享就是
区块链加全覆盖，
既有独立性，又有整体性。
所谓冰化为水，成为江河与大海。
人共享于人，才有了世界。

## 经验

经验比技术重要。
经验一般不会外传，于是，才有了私学。
虽然经验比技术重要，但有了智慧，
才可能创新。只有创新，
才可能推动一种技术的革命。

## 愚公移山

坚持，是一种可贵的精神，
却不一定是最好的方法。
愚公移山，远不如愚公搬迁方便。
选择正确的方法，
更易迅速改变处境。

## 稀缺性

智慧高、知识渊博的人，具有稀缺性。
孔子的门徒七十二贤人，
拜在鬼谷子门下的苏秦和张仪，
得到鲁迅帮助的萧红和萧军……
这些人是幸运的。
听君一席话，胜读十年书。
但是，并非每一个人都值得“君”
去指导或点拨。
一是，别人不一定领情，更别说感恩。
二是，时间很宝贵，一寸光阴一寸金。

## 无限

无限相当于黑暗，有限相当于火。

## 摆设

当你的头脑不能理解别人的语言，
那么眼睛和耳朵，
也就成为一种无用的摆设。

## 阳光

典型人物在小说中非常重要，
但更重要的还有温情。
《金瓶梅》无论是语言，
还是故事细节，
都比《红楼梦》好，
但没有《红楼梦》伟大。
《金瓶梅》将恶写到了极致。
伟大的作品，需要典型，需要极致，
但一定不能没有黎明前那一缕
温暖的阳光。

## 境界

这四个人物提到过四种境界：
第一种为刘禹锡所写境界，
谓“谈笑有鸿儒，往来无白丁”。
第二种为孔子所说境界，
谓“吾十有五而志于学，三十而立，
四十而不惑，五十而知天命”。
第三种为陶渊明所言境界，
谓“采菊东篱下，悠然见南山”。
第四种为老子所讲境界，
谓“道可道，非常道；
名可名，非常名”。

## 忧与怨

同等的力量，同样的资源。

你拿来帮助一个相对笨拙的人，

你使出浑身的劲儿，才能拉他提升一小步。

倘若你帮助一个优秀的人，

你只需要引荐一下，

他就会很快成功。

优秀的甲乙方，只需你穿针引线，
他们就能各取所需。
帮后有明显的效果，施助者
和受助者，都有成就感。反之，
施助者有威名扫地之忧，
受助者暗怀“不过如此”之怨。

## 山水之乐

君子，以文会友，以友辅仁，以德报德，以直报怨。

拒便辟，拒善柔。居高处，知松柏之寒。处低位，须弘毅而任重。

与中人则语上，中人以下不可以语。

进可登庙堂之高，退可隐江湖之远。

山水之乐，此谓人生。

## 细节

一位领导给我发短信，
祝我著作等身。
因笔误，他把“著作”写成“暑作”。
不日，领导特意又打来电话，
说：“不小心把字写错了，抱歉。”
我曾因事，需咨询京城一位领导的秘书，电话打过去，对方未接。
当天夜晚 11 点，该友打电话过来，
解释说：
“弟弟，今天一直开会加班，
现在才忙完，给您回个电话。”
北京有一位画家，在艺术圈很牛，
人民大会堂也有他的大作。有时，
我给他发微信请教，
他总会耐心回答。
有时清晨，有时深夜。虽然不一定及时回复，但从未忽略。
越优秀的人，越注重细节，
他们是在细节中优秀起来的。
不优秀的人，
也在不断忽视各种细节中，
慢慢变得不优秀。

# 浣花溪

浣花溪曾住过两个名人。
一个男诗人杜甫，茅屋为秋风所破，
掉下来的茅草
被南村群童给抱走了。
一个女诗人薛涛，不幸堕入乐籍，
她被西川节度使韦皋和才子元稹
抛弃后，一生孤苦。
浣花溪因为有了他们，才有了故事。

## 交往

与人交往，先看其眼睛，再听其言，
最后观其行。
若一个人眼神游动，闪烁不定，
此人不可交，有邪气。
若听其言论，粗俗而势利，
无见解和学识，亦不可交，
此人不忠义。
若观其行，其承诺不能兑现和实践，
还是不可交，此人无信。

## 时光如珠

庄园再大，也不过汪伦乡绅的宅院，
不遇太白，尘埃尚且不成哉。
高山之上，明月之下，唯学识
不可金玉换之。
玉成需要时日，一切始于足下。

## 阶段

少年不读书，胸中无货。
青年不奋斗，人生无力。
中年不跨越，生活无品。
老年不诗意，岁月无痕。

## 众生

才德皆有，可称圣人。

才德皆无，谓之蠢人。

德若胜才，可视君子。

才若胜德，抑或小人。

圣人，众星拱之。

君子，朋友赞之。

小人，避而远之。

蠢人，不应用之。

## 蠢人

把一个愚蠢的人培养成为栋梁之材，
就像去培养一个差生，上清华北大，
成功的概率太低了。
量才而用，前提得先有才，方可量。
若无才，可立德。德有，而亲人。
有才而兼德，众星围之。

## 重视

A 对 B 说："大哥，我的那个事，
您一定要放在心上啊。"
B 说："该把它放在心上的不是我，
而是你。"
你对自己的事有多么重视，
别人对你，才有多么关心。
你对别人有多么尊重，别人对你
才有多么热情。
事情，除了运气成分之外，
成与不成，最关键的还是自己——
取决于自己的重视与努力程度。

## 人生所遇

人生所遇，好友不过百余人。

而知己，不过数人。

所谓相交，必得认可。

没有认可，获得不了尊重。

还有许多人，偶然相逢，又互通姓名，

只算认识，仅此而已。

珍惜那些彼此认可与敬重的朋友，

人生方能更加多彩。

## 四不够

家底不够，天赋来凑。
天赋不够，勤奋来凑。
勤奋不够，运气来凑。
运气不够，时间来凑。

## 南北东西

人生百味，无非酸甜苦辣。
道路千条，只是南北东西。

## 谈用人

选择自己熟悉的人，知人方用。

朋友推荐的可信任之人，举贤而用。

发现人才而用之，大浪淘沙，

金必自现。

## 写作

作家写作，也有几种境界。

第一种境界：

自叙境界，写一种小我，通过小我，

反映社会和生活。

第二种境界：

他叙境界，写一种大我，通过大我，

反映一个时代，叙述一段历史。

第三种境界：

无我境界，通过问道，悟道，

最终产生自己的哲学思想，

从而问大地苍天。

## 教师

一般的教师，教的是知识。

导师，启迪的则是人生。

## 好好过日子

世界可能不是我们看到的样子，
也可能不是我们想象的样子，
更不是道听途说的样子。
再烂的世界，都有过得好的人。
再好的世界，都有过得差的人。
如果你无力去探究世界是什么样子，
先好好过日子！

## 闲云一朵

若能截住巫山，绝不放闲云一朵。

倘能填平湘岸，也要栽青竹万根。

杨柳，无故沾千百啼痕。

阳关，有缘唱古今离恨。

## 立命

追求闲适，无可厚非，人生之乐也，
太过闲暇，要防无事惹烦。
清雅，品之洁也，
太过清高，则迂腐矫俗。
功名可取，也应有道，
倘若无端，便是庄周蝴蝶。
才子多不羁，正人常刻板。
不羁、刻板，皆应怀利物济人之心。
此便是立命。

## 井底之蛙

井底之蛙，莫与其谈天空之无际。

浪中之虾，勿与其论沧海之辽阔。

蜂鸟，常讥大鹏之心奢侈。

狡兔，也讽白鹤之巢高危。

智小者，不可与其谋之大。

趣劣者，勿与其争品之高。

## 接受平凡

一个人，到了一定年龄，要坦然
接受自己的平凡。
要给自己一个准确的定位，不能
好高骛远。
所谓的成功，除了才华，也需运气。
顺势而为，不忘初心，自得其乐。

## 人情

人在江湖走，人情最难还。
事无大小，不帮是本分，帮你就是恩情。
一旦接受了扶掖，你就有待还的人情。

## 尘埃

文学，是生活中一份乐趣。

工作，是生存中一碗稻粱。

可以低看它，但千万别不当回事。

你渺小时，它伟大。

你伟大时，它渺小。

你说它了不起，它真了不起。

你说它无所谓，你的人生就成了云烟。

## 轿子

有人坐轿子，就有人抬轿子。
不要埋怨自己抬轿子辛苦，
还有许多人，连抬的机会也没有。
更不要嫉恨坐轿子的人。
世人都有自己那份苦，各自只领取
自己的那份。

## 浪花

半生努力，往往只得到了某种参与的资格，
事情往往就是这样，
保全体面的方式是自称平凡。
然而，不努力，连参与的资格也没有。
所以，即使注定平凡，也要溅起
平凡的浪花。

## 深情

朋友说，文学是不朽的，作家也是不朽的。

我回复说，

连地球都不一定是不朽的。

一切的不朽，都是相对的。

看苹果落地的牛顿，提出相对论的爱因斯坦，看上去已经不朽，

其实，也只是暂时的。

其实，朽与不朽，并不重要。

重要的是，要在有限的人生中，

对某个人或某些事，一定要倾注你所有的深情。

## 蛋糕

所谓诸侯争霸，群雄逐鹿，三国鼎立，
细细去理一理关系，不过是
一群王侯将相，三亲六戚，
他们之间为了分蛋糕，导致的一场
又一场争斗。

## 后果

一个人，在人生中，会遇到几次
重要的选择。
身边大多数人，会保持沉默，
少部分会给你建议。
只有个别人，能给你正确的建议。
给了正确的建议，便是一种情分。
人家没有义务，也没有责任把经验
分享给你。
对于你而言，错过了机遇，也就
永远错过了。
我们总是要为自己的选择，承担
相应的后果。

## 运气

从事文学、艺术及体育等工作，
需具备天赋。
一万个人里面，或许只有一个人，
具有极高的天赋。
仅具有天赋是不够的，还需要基础。
基础，就是长时间的勤奋和坚持。
十年一个跨越，坚持十年之后，就
到达某个新台阶。
天赋，勤奋和坚持之外，还要运气。
没有运气，前面说的或许全部是零。

## 规律

要么，你有才；
要么，你有德；
要么，你有礼；
要么，你有术。
倘若，无才无德无礼无术，并不自知，
还不感恩，
命运，又如何眷顾你呢？
人呀，总得占一样。不然，挺可悲，
也可笑。

## 问道

读了大学，不等于有知识。
看了书，不等于有文化。
有了头衔，不等于有素养。
坐井观天，管中窥豹，总是比较片面。
许多人，仅仅只有术，而无道。
生活从历史中来，
又向哲学中去。

## 播种

人生中，有几种情，需要用心播种。

第一种，当一个有才德之人，遇到艰难时，如若有余力，可雪中送炭。

第二种，当一个人身处优渥之境，却不因你的普通，不求回报助你，可感恩铭记。

第三种，当一个人与你地位平等，资源共享，合作共赢，可深交而携手。

人生，不过一个“情”字。

## 现实

人不能太现实。
当一无所有时，不现实才是你唯一的宝藏，它等着你去开掘。
有哪样事物的发展规律，
它不是从无到有，由弱变强？
所以，你要想到一无所有时，现实，
它仅仅是一无所有。

## 词语的意义

朋友，有信则立。言而无信，也就是点头之交。
知己，至少要做到锦上添花。
亲人，应患难与共，雪中送炭。不然，对不起“亲人”这样的词。
没有生活经历的人，没有人生历练的人，悟不出词语中的意义，
于是，便轻视了这些称呼。

## 送书四原则

亲人或挚友。

尊重的人。

三次以上真诚地提出求书意愿的朋友。

需要托人办事。

## 优秀的人

我有一个好朋友，
每天早上学唐诗宋词，晚上学英语，
博士考了六次，终于考上了北大。
我的某亲戚，上了所一般的大学，
我建议他读某本书，可他半年后却没看完。
成为优秀的人，靠的是自己，
优秀的人懂得，以尚未优秀为耻，
他们是比大多数人更努力的人。

## 平台

平台再大，不能为你所用，这样的平台，毫无意义。

有些人有个好平台，但依旧干不了在这平台应能干成的事。不是平台不行，而是他的能力不行。

人与人，真有区别。

若能知道区别，知耻而后勇，不断改进提高，这样的人，是有救的。

如不知道区别，却还自以为是，那就没救了。

## 认知

绝大多数人的认知，往往和他们
所处的环境有关系。
那些从狭窄的通道，翻越山脉，
最终看到了云层之外风景的人，
很大的原因，得益于他们的认知。
认知，可以先于身体，抵达
遥远的地方。

## 无为与有为

人生追求有两种。
一种是道家，无为是其追求，
生活抑或事业，随性是其态度。
一种是儒家，有为是其追求，
实现梦想是目标。
我个人认为：40 岁前，
人应以儒家追求为主；40 岁后，
应以道家追求为主，随性而为。

## 境界

人有两种境界。

一是大境界：

立功，将自己的前途与国家、人民联系起来；

立德，修成良好的品德，成为教化的榜样；

立言，继往圣之绝学，开万世之先河，成为经典。

二是小境界：

光宗耀祖，将个人前途与整个家族联系起来；

合理改善自己的物质条件，提高自己的社会地位；

最末等，财富与享受。

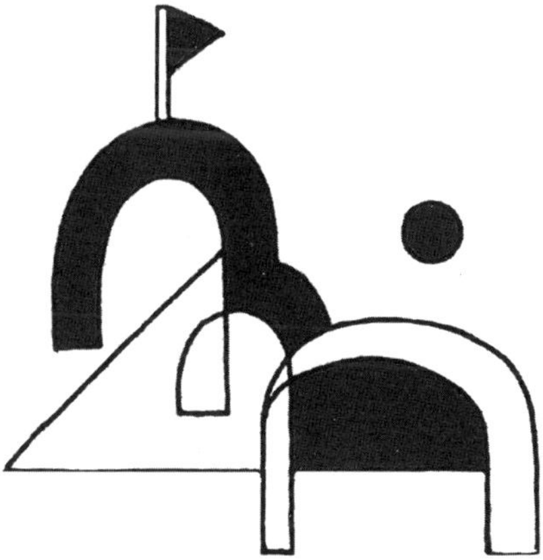

## 于国

于国，勤以报也。

于党，忠以报也。

于亲，孝以报也。

于友，义以交也。

于民，爱以待也。

于己，志以恒也。

## 器官

人有许多器官，比如口、手等。

口有口才，一条舌头可作枪。

手有技术，空手就能端饭碗。

……

有时，某一个器官，就能直接成就一个人才。

## 德行

才华，是通向光明之门的钥匙。
能不能与屋内的人，共进晚餐，
还得看德行。

## 慎交

身上无气，胸中无才，行中无德，
心中无畏，
如此之人，与之交需慎重。

## 真相

历史，真实是其身份，细节却
有虚构性。
小说，虚构是其身份，细节却可能
是真的。

## 官吏

在古代，吃俸禄的官员分为两类：
一是官，一是吏。
官吏官吏，官为主，吏为差。
官需要参加科举考试，至少得中个
举人，整体素质在当时情况下，
还是蛮高的。

小吏多为招聘，武松打死了一只虎，
就被清河县令聘请去管治安了。
因此，小吏想要高待遇，不现实。
薪酬太低，又会迫使其
当贪官的爪牙，加深与百姓的矛盾。
在古代，人们有时把对贪官的恨，
发泄到小吏身上，
然后等待青天大老爷来主持公道。

## 抑商

古代抑商，不是限制商品经济，
而是抑制商人地位，
防止官商勾结，剥削百姓。
该政策虽带着偏见，
但也非全无可取之处。

## 古时反腐

古装反腐题材的影视作品，

我个人认为，

目前无超过喜剧《九品芝麻官》者。

上讲到皇帝，下深入平民走卒，

针针见血，

这是周星驰主演的杰作之一。

## 短篇和长篇

中国当代的短篇小说，在技术、构思、
思想上，一点儿不亚于欧美，
甚至更好。
但就长篇而言，
当代中国作家缺乏胆魄，
较之国外作家，则逊色不少！
短篇和长篇在中国，类似于乒乓球
和足球。

## 组合

龙与龙合作，有很大机会成为
强龙组合。
龙与猪、狗、鸡等组团合作呢？
飞起来吧，龙有脱离团队之嫌；
不飞起来吧，龙显得不伦不类。

## 意外之好，必有妖

一个人平时对你责怪、打击、伤害，
处处针对你，
你受够了这样的磋磨，
突然有一天，他对你非常好，
这时你一定要当心了。
一个人不会突然变成另一个人，
意外之好，必有妖。

## 阶段

人生，有三个阶段，主题各不相同。
从出生到参加工作前为第一阶段，
主题是学习积累、蓄势待发；
从参加工作到退休时为第二阶段，
主题是奋发有为、创造佳绩；
从退休到遗像上墙为第三阶段，
主题是健康快乐、老有所为。

## 职业定位

从政者，
职业定位是政通人和、功绩口碑；
从军者，
职业定位是驰骋疆场、保家卫国；
从商者，
职业定位是财大名盛、效益品牌；
从文者，
职业定位是佳作日丰、经典流传；
从教者，
职业定位是传道授业、桃李天下；
从医者，
职业定位是医术精湛、救死扶伤。

## 多种福田

锦上添花的事，做了，人家
不一定会记住你，这你要知道。
雪中送炭的事，做了，人家多半会
记住你，但你也不要惦记回报。
多种福田，自有回报。

## 欢喜

年少时，拼命想证明，自己有
过人之处，
凡有机会，都想在人前闪耀。
年龄见长，所谓的证明，概不重要。
你所站的位置，已足以看到风景。
你所经历的沧桑，也足可轻看岁月。
于是，你想，一切简单就好。
自己的时光，属于自己。
自己的欢喜，何必找他人要？

## 关于建议

年轻时，他人给的建议你听从了。
多年以后，你发现
你走了很曲折的路，甚至
选择了错误的路。
你会经历一段时间的内心煎熬。
然后，你选择释然。
当时的你，根本就没有判断
建议正确与否的能力。
给你建议的人，他们本心是好的。
你没有能力完美地执行他们的建议，
他们也无法尽悉你的才能和禀赋。
走过的路，已是你的人生。

## 批评与表扬

每一个人，所处的位置带来的视角不一样。
于是，你的身边，便有了许多褒扬和批评。
无论怎样，都应该安然接受。
褒扬你的人，并不一定是爱你的。
批评你的人，并不一定是恨你的。
这些都可以成为你前进的因素以及发展的障碍。
你的世界，属于自己。
你的时光，交给自由。

## 关于认可

人家不看重我们，不尊重我们。
我们会想，打铁还须自身硬。
这并没有想错。
但是，别人认可一个人，或许并不
因为你是铁，也不因为你很硬。
交情，不一定是你强大时才产生的，
关键在于人家是否认可你。

## 关于尊重

人家尊重你，并不仅仅是尊重你，
还尊重了他自己。
确定某种人值得尊重，是他对某种
精神的追求。
他尊重他想尊重的，就是尊重自己。
你们或许是可以相互尊重的同类人。
如果你遇到不尊重你的人，请不要
难过，这是一件令人喜悦的事——
你已知道不用在他身上浪费时间。

## 关于不一定

一个人的成功，
不完全是因为才华。
这个世界，有才华的人多了去了。

一个人的富贵，也不完全是
因为有钱有权。
在他的圈子里，
他可能是最没钱最没权的。

一个人谋得某个职位，
也不一定靠背景。
没有背景的人，
所有人都可以是他的背景。

## 关于读书

高考之前，教科书仿佛是最有用的。
读好了它，似乎就有了一张入场券。
然而，高考之后，
读课外书反而更有实效。
在你随后的人生中，
这些书让你的见识比别人宽阔。
教科书，给你购买了人生的入场券。
但当你进入人生的戏台，
宽阔的阅读面，能让你更多地了解
世界的广阔。

## 跨越

阶层从来没有固化过，
跨越，也从来不是先跨越阶层门槛，
需要跨越的，永远是认知局限。

## 缘分

胜利的果实，半生的收获，
鲜有人送给外人继承。
其实，这也正常。
自古以来，任何行业皆如此。
做官也好，经商也好，
科教文卫等也好，
但凡孩子有点天赋，自己的衣钵，
都希望孩子能继承。
当然，作为“一代们”，
给“二代们”提供平台、资源、机会等，
尽可能为他们
创造必要的条件，也无可厚非。
因为，人家这叫
父（母）子（女）关系。
这可谓人生第一等缘分。

如果“二代们”，没有天赋，没有
潜质，那么，这些优秀的“一代们”，
自会选择让门生继承衣钵。于是，
便有了“师徒如父子”的说法。
这可谓是第二等缘分。
除了以上关系，还有至交关系。
“一代们”优质的平台和资源，
也会分享给朋友，
便有了互助与携手。
相知无远近，万里尚为邻。
这可谓第三等缘分。
最后，则是路人。路人甲乙丙丁，
能不能受教，能不能传承，能不能
锦绣前程，则看其造化。
人家不知你，你怎怪人家不授你？

## 平凡

出身平凡，没关系，没人能拿它
取笑一个人。
可怕的是，你不能坦然告别过去，
又无法积极面向未来。
世界的窗子，是干净的。
前方的路，也是宽阔的。

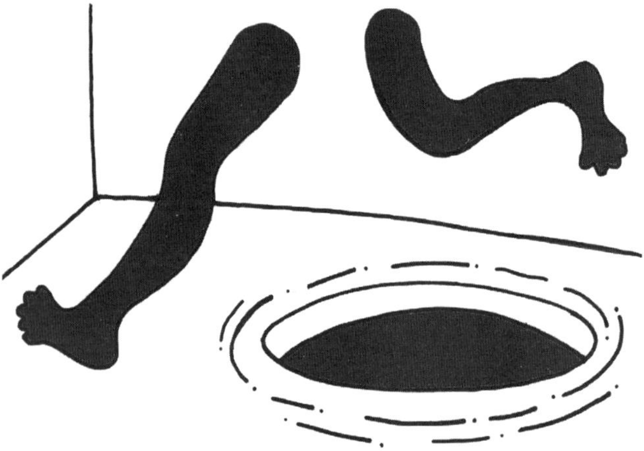

## 珍惜与忘记

人生，路途漫漫。有几种人，
你需要珍惜：
第一种，
当你年少时，陪你经历困苦之人；
第二种，
当你进取时，给你锦上添花之人；
第三种，
当你无助时，为你雪中送炭之人；
第四种，
当你落魄时，爱你不离不弃之人。
同时，也有四种人，要忘记：
第一种，当你年少时，轻视你之人；
第二种，当你进取时，阻拦你之人；
第三种，当你无助时，攻击你之人；
第四种，当你落魄时，离开你之人。
人胸怀之宽广，应如星海之辽阔。

## 误判

错把熟人当朋友，
错把朋友当兄弟，
人生，不仅是错过，
更多的却是误判。

## 危事

人遇难事，不耻下问，不一定正确。若向那些自己都未明白的人咨询，反是一件危事。

## 不必较真

改变有些人的认知，就相当于挖他家的祖坟。
纠正别人的固有观念，就类似于打破人家的坚守。
其实，有时不必较真。
太阳该照亮谁，就会去照亮谁。

## 思想璀璨

接近文人，可看一世芳华。
礼学哲人，洞穿芸芸众生。
向高人问路，请历史指路。
在自然之间，求思想璀璨。

## 努力兑付

很少有人会因为你可怜而帮你，
示弱，获得的不一定是同情、帮助。
人家之所以在乎你，
或许是因为你有才华，
或许是因为你有较高的平台和资源，
或许是因为你有强大的经济实力，
因为才华、资源、财富等等，
都来之不易。
很多时候，别人是帮你去兑付，
以你所有，兑付你所无。
如果你没有稀缺资源，你得努力。
不要带着乞讨心理生活，
你要努力兑付，以你所有，兑付你所无。

## 别笑范进太疯癫

别人笑范太疯癫，范笑他人看不穿。
范进中举后发疯，
被数不胜数的人嘲笑。
然而，嘲笑范的人，大多却活在梦中。
范进中举后，丁忧三年又中了进士，
授职御史（监察干部），再之后
下派到山东任学政，
分管教育、人事、文化等。
一个家徒四壁的穷书生，通过科举，
最终晋升到更高的阶级，
本身并不是一件丢脸的事。

倘若范进放弃科举，或许他会
与其岳父同做猪肉生意，
世间不过是再多一个屠户罢了。

## 王羲之

在古代散文中，
《兰亭集序》质量处于中等，
但字却写得千古难见。
大家不知道的是，
王羲之的智商和情商之高，
也是千古难见。
东晋太尉郗鉴（掌管全国军权）
与丞相王导关系很铁，
便想亲上加亲，强强联合，
欲在王宰相家族的二十多位公子哥
中选一位女婿。

公子哥们全都充分准备，装扮华丽，
然而，王羲之却反其道而行之，
独自一人躺在床上若无其事。
先行来察看的管家很惊讶，
回去后将大概情况报告给郗鉴，
并说了王羲之的异常行为。
郗鉴一听，眼睛一亮，当场说：
“我要选的女婿就是他了。”
他亲自去王府见羲之。
王羲之听闻郗鉴本人要来，
知道有戏了，便精心打扮，
举止优雅，一身才华淋漓展现。
郗鉴很满意，果断择了王羲之，
“东床快婿”一词便由此而来。

## 水煮《西游记》

有多大的能力，就办多大的事。
有多硬的底气，也别去撞山石。
孙悟空在花果山当美猴王多好，
非要去当神仙，当大圣，
结果被压在五行山五百年。
要不是后台硬，
他师父是菩提老祖——如来的师弟，
早就被当着妖怪打死了。
坐了牢，被压了五百年，
出来后，还给他机会再就业。
当了唐僧徒弟，但他也不老实，
把唐僧打了一顿，还撂挑子不干。
唐僧他惹得起吗？如来重点培养的对象。
这下可好，
便来了一个真假美猴王大戏。
据传真孙悟空被打死了，有本事又听话的猴子，活下来了。
是呀，缺了谁，地球都照样转。
孙悟空不愿意干，多的是猴子会干。
不换思想就换人，
孙悟空都可以被换，何况芸芸众生？

## 闲谈《陋室铭》

年少时，我不理解刘禹锡，
也未看懂《陋室铭》。
“谈笑有鸿儒，往来无白丁。可以调素琴，阅金经。”
青年时期，我渐渐地明白，
当一个人的认知，达到一定层次，
他已没法和低层次的人交流了。
成年后，我才想到，
他可能会失去说家常话的能力。

## 绿袍人

虽然这是一个后人杜撰的
故事，但也颇有新意。
有一年秋天，子贡遇到绿袍人，
被问：一年分几季。
子贡说：是四季。
绿袍人说是三季，并坚持要问孔子。
若孔子说是三季，就让子贡给其磕
三个响头。
子贡便和绿袍人一起去找孔子。
孔子打量了绿袍人一番，狡黠地说：
对对对，一年就是三季。
子贡无奈，只得给绿袍人磕头。

绿袍人走后，子贡不服，心生不快。
孔子说，有时不必太过较真。
那个绿袍人，就是个蚂蚱，春天生，
秋天死，根本没见过冬天，
你和他永远也辩不清。

这个故事，已经堪称寓言了。
生活中这样人的多了。
格局不同，认知不同，
他们便无法讨论问题。

## 捷径

杜甫多次参加科举，未中，
便学李白走捷径。
他写了一篇大赋寄给宰相和皇帝，
没想到事竟然给办成了。
朝廷安排他当河西尉，
他不愿意去，
便又安排他
去任职右卫率府胄曹参军，
杜甫高高兴兴去了。

后来，杜甫又被提拔为左拾遗——
谏言献策的官。
杜甫太正直，看不惯就提意见，
结果皇帝不高兴，便冷落他。

安史之乱，杜甫客居成都等地。
他每天找成都的长官们，
要材料修房子，顺便要粮食。
有时，也和几位上司饮酒作诗。
一不小心，他当上了
检校工部员外郎，后人因此
也将其称为“杜工部”。
不过，他终究是运气不好，遇到乱世，
没有武才，文韬也没用上。

好在，他写出了许多悲愤之作，
成为现实主义诗人的领袖，
其诗被赞为“诗史”，
其人被称为“诗圣”。

如今，杜甫的纪念馆——草堂，
占地广阔，位居闹市。
对于诗人杜甫而言，
检校工部员外郎这个身份，
完全是不重要的。

## 我的存毁

心中有天下，天下则有我。
心中无家国，家国则弃我。

范仲淹在《岳阳楼记》中写道：
“居庙堂之高则忧其民；
处江湖之远则忧其君。”
“先天下之忧而忧，
后天下之乐而乐。”

杜甫在《茅屋为秋风所破歌》中，
写道：
“安得广厦千万间，
大庇天下寒士俱欢颜。”

顾炎武在《日知录》中，也写道：
“天下兴亡，匹夫有责。”

## 取向

若论语句之优美，辞藻之华丽，
句式之齐整，韵律之顿挫，
汉魏六晋的辞赋当属第一。
然而，在中国文学史上，它终究
抵不上唐诗宋词明清小说，
更别说《诗经》和《楚辞》这种高峰了，
它的艺术性连元曲都赶不上。
究其原因，溜须拍马、歌功颂德，
辞藻虚华，不是文学价值的取向。

## 黄四娘家

中国大妈千千万，
因为杜甫，世人才知有黄四娘。
富豪地主万万千，
因为李白，唯独汪伦声彻云天。
多少明星红极一时，
因为高适，我们只记住了董大。

## 文化人价值的实现

文化人的价值，是要去历史长河中
发光的。
当代的文化人，并不仅是
在和同代人比较，
他们在和整个人类历史中那些
闪光的人物进行对话和比较。

在波澜壮阔的历史长河中，
实现了自身价值的文化人，
就是那些写出了传世之作的人。

## 作品

文化人的核心价值，最终体现
在作品上面。

世界上没有一个作家、学者，
一出手就能写出好作品。
《飘》的作者一生只写了一本书，
但她在写书之前，已当了
很多年记者，写了很多新闻作品，
这也是一种练笔的经历。

《红楼梦》问世之前，
曹雪芹也有些其他作品，
《红楼梦》中的诗词，不少
就是他年轻时的习作。

《红与黑》的作者司汤达
生前并不出名，
死后才得到世人认可。
杜甫，生前名气一般，
死后被后人推崇为诗圣。
司汤达、杜甫之所以被世人记住，
是因为他们写下了旷世之作。
文化人会不会被后人遗忘，得看
作品写得怎么样。

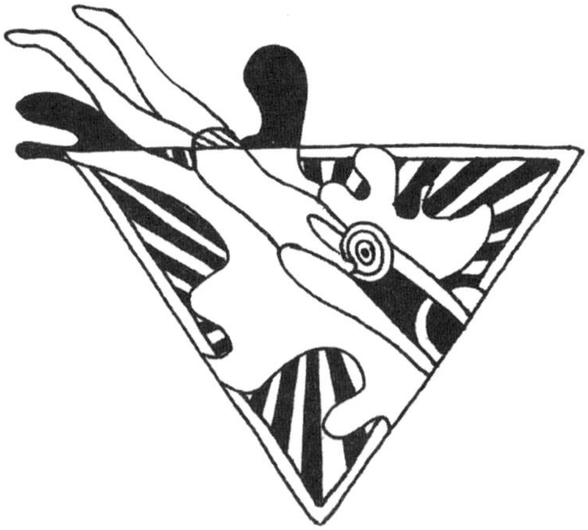

## 文坛规律

我们今天还知道的那些唐宋文人，
八成以上经历过科举，
最牛的那一批，
多是翰林出身。
元明清，顶级的文人，虽不一定
出自翰林和进士，但大多出自
中下层官吏。
四大名著的作者，多曾担任过地方
官吏。
冯梦龙、凌濛初中年之后，
曾做过县令。
职业作家出现在科举制度废除之后，
读书后不一定做官，
大量读书人闲置在民间，
便有了职业作家。
现当代，历数茅奖、鲁奖得主，
以及有影响力的作家，六成以上
在作协工作，还有一些
在大学做教授。
民间也有不错的作家，但非常之少。

## 现象

多年前，文学圈内的先锋
个个都推崇外国文学，
除了把巴尔扎克、雨果、
陀思妥耶夫斯基、托尔斯泰、
肖洛霍夫、马尔克斯等一帮
众人皆知的外国作家挂在嘴边，
还推崇一些小众的外国作家，
就是绝口不提中国的古典文学。

当时，外国的作品我阅读得不多。
最近几年，外国的经典名著
我基本上读了个遍，
其中我喜欢的作品，我甚至
读了两三遍。然后，
我心中渐渐有了自己的一杆秤。
在我看来，中国的古典作品，
较之外国作品，似乎不仅没有差距，
反而有一些写得更深刻，布局
更宏大。外国所谓的经典，
有很大一部分，我并不认为它们有
多么经典，
反而觉得小众而又小气。
这时，我才发现，原来有那么一批人，
压根就没对中国的古典作品
进行过深入的阅读和研究。
这似乎是一个很有意思的现象。

## 立言

立言，可分为立大言和立小言。
立大言者：为天地立心，
为生民立命，为往圣继绝学，
为万世开太平。
立小言者：书个人之情怀，
发自我之牢骚，写小民之身世，
续前人之愁绪。
不是人人皆可立大言的。
在繁杂工作之余，或在茶余
饭后之暇，
写生活琐碎，写离愁别绪，
写大千世界，写万物生灵，
字字句句，点点滴滴，
皆可见至真至善至诚，
引起同行者共鸣。
立小言之乐人人可享。

## 没关系

古往今来，经典名著的作者，
唯明清最惨。
时也，运也。
若在唐宋，他们走路翻几个跟斗，
也能捡到一官半职。
不过，惨一点儿也没关系，
他们依然留下了经典名著。

## 诗歌

初唐以前，写诗
不过分讲究平仄、韵律，
三言、四言、五言、六言、七言，均可。
在没有那么多限制的时代，
许多民歌也流传下来，
它们共同构成了诗歌。

## 文学之光

以史为鉴，文学的繁荣
通常有两种社会背景：
一是乱世，一是盛世。

中国现代文学
是乱世背景下的文学景观。
唐诗
则是盛唐的文学景观，
它如夏夜的星星一样璀璨。

按照历史规律，中国当代文学
会渐渐进入高原，走向高峰。
这个高峰到底有多高，
得看经济的发展和民族强盛的程度。
文学之光是时代的折射，
文学家应融入自己所处的时代。

## 原谅

小错大可原谅，但应建议改正。

小错若不宽恕，必生大仇。

## 我心中最好的作品

我心中的好小说，
当属《红楼梦》《金瓶梅》《西游记》
及《战争与和平》《复活》
《静静的顿河》《巴黎圣母院》
《悲惨世界》《百年孤独》；
最好的戏剧，则是
英国的莎士比亚戏剧作品。

## 《易经》

十五看《易经》，云深不知何处是。

二十看《易经》，雾里看花不见花。

三十看《易经》，灯火阑珊花若现。

四十看《易经》，除却巫山不是云。

五十看《易经》，孤帆远影碧空尽。

六十看《易经》，寒蝉凄切长亭晚。

七十看《易经》，云淡风轻学少年。

## 读诸子

文笔最好的是《庄子》，文风汪洋，
如腾云驾雾。
思想最深的是《老子》，玄之又玄，
道又生道。
实用最高的是《论语》《孟子》，
治国修身，必备宝典。
偏激刻薄的是《韩非子》《商君书》，
文笔尚欠，极端尖酸。
亲民温情的是《墨子》，兼爱非攻，
满满的正能量。
《大学》教会你爱国修身。
《中庸》给你喝了一碗温暖的
心灵鸡汤。
《礼记》中可以学会尊卑有序。
《尚书》给了你一面镜子，
前事不忘后事之师。

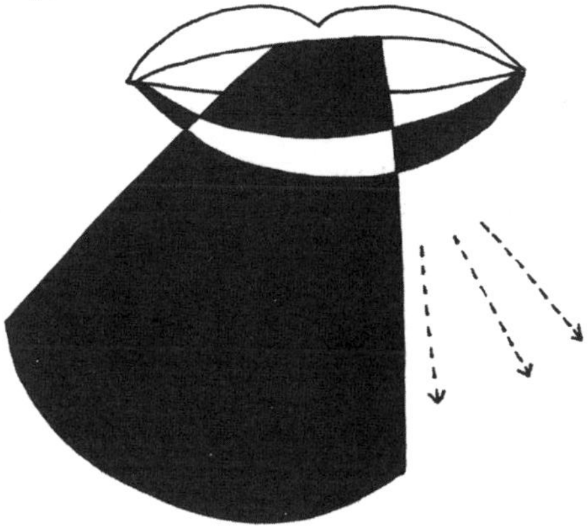

## 《史记》

如果仅仅只看《史记》，
会发现汉武帝什么好事也没干。
一是信神，
他被李少君、少翁、栾大等
几个江湖骗子，忽悠得晕头转向，
一门心思要长生不老。

二是封禅，
他在儒生们的撺掇下封禅，
造成极大浪费。
三是寻仙，
他要去海上找神仙，共永生！
他把司马迁得罪了，
司马迁要把他往坏里写，并且整篇
无一字好话。
但是，此书在汉朝居然能流传。

## 帝王

有一个帝王，曾经路过凤黄虚。
突然，袜带掉了，他看了看周围，
停顿了一下，
便自己动手把袜带系上。
旁边一个大臣便问他，
为什么不叫人给你系袜带呢。

帝王说：上等人，国君和他们相处，
都是自己的老师。
中等人，国君和他们相处，
都是自己的朋友。
下等人，国君和他们相处，
都是自己可以使唤的人。
刚才，我看了看周围，
均是令人尊重的贵臣，
便没有什么可使唤的人了。
大臣听了称赞地点了点头。
这个帝王，就是周文王。
这个大臣，就是姜尚。

## 扶不起的阿斗

有一句俗话叫“扶不起的阿斗”。
不知说这句话的人是大忽悠，
还是对三国了解不够。
《三国志》中介绍，
后主刘禅 17 岁继承帝位，
58 岁才失去皇位，
当皇帝整整 41 年。
而诸葛亮辅佐的时间只有 12 年，
另外的 29 年，并没有诸葛亮掌舵。
自古以来，中国的皇帝中，
能够当满 41 年的，又有多少呢。
一个皇帝，能执政 41 年，
却说他是扶不起的阿斗，
显得太牵强了。
刘禅虽没有文韬武略，但智商不低。

## 数量

陆游写诗一万余首。

乾隆写诗三万余首。

全唐诗近五万首，

真正能广泛流传的也就唐诗三百首。

这有点类似于“科举”。

童生万万千，秀才千千万。

举人万儿八千，进士翰林百有余。

## 礼贤下士

在古代，地方一把手任职期间，
都会亲自去拜访当地的文化人，
以期结交并向上级推荐。

明朝湖广巡抚顾东桥，
坐船去拜访年仅 12 岁的张居正，
之后他将张居正引为知己，
并向吏部尚书等人多次推荐。

清朝道光年间，
渠县孙县令到任之后，三次
到贵福镇，结交举人贾秉钟，
并出资派人送其到北京科考，
后贾秉钟考上进士，选为翰林。

## 小儿垂钓

蓬头稚子学垂纶，侧坐莓苔草映身。
路人借问遥招手，怕得鱼惊不应人。

写这首《小儿垂钓》的人，
是唐德宗时期的一个铁匠。
虽然居僻野，但却喜欢文学，
写出了优秀的作品。
《唐诗三百首》选了他一首，
《全唐诗》选了他四首。
这个铁匠叫胡令能，虽然身份很低，
但并未影响他文学的光辉。

## 《岳阳楼记》

范仲淹的《岳阳楼记》，
其文笔虽赶不上贾谊、王勃等，
但其立意却更胜一筹。
“居庙堂之高则忧其民；
处江湖之远则忧其君。”
“先天下之忧而忧，
后天下之乐而乐。”
此可谓先有第一等胸襟，
然后有第一等境界。

## 高考及成长

高考状元，不能称之为“状元”，
准确地说，高考，只相当于考秀才。
考秀才时的第一名，就是案首。
秀才分为三个等级：
廪生、增生、附生。
廪生为秀才的最高级。
状元，是进士第一名。
进士之前，是童生、秀才、举人、贡士。
进士，皇帝会从中选拔若干翰林。
如果是状元，
一般起步就是翰林院编修。
翰林，有的会下放，以县丞起步；
有的会留在京城任职。
高考，是从少年走向青年的第一次
最关键的考试。

从高中生变成大学生，

相当于从童生到秀才的身份转变。

成为大学生后能走多远，得看自己的努力！

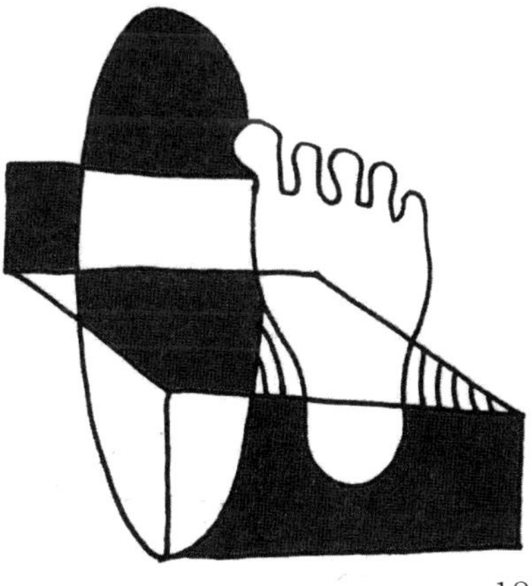

## 人不可无友

人不可无友。无友者，必定孤独。
孤独虽是一种境界，但同时
也是一种折磨。
三人行，必有吾师。除了读万卷书
及行万里路，也应向朋友学习。
同时，更需朋友帮助。
朋友之中，
若还有三五知己，则人生幸事，
可知足矣。

## 烤煳了

炒作的前提是得有真才实学，
不然，就会像一条小鱼，在烈火上
一烤，就被烤煳了。
没有本事，别说炒作，
就是给他万亩良田，千万资产，
他也无法守住基业。

## 不可信

赵普说："治国，其实是一件
很简单的事。我一生就读一本书，
这本书就是《论语》。
但是，《论语》我还没有看完，
只看了一半。"

听了赵普的忽悠，朝廷很快传开了，
都纷纷夸赞赵普是天才，
半部《论语》就能治天下。
大家个个羡慕不已。
这个典故，也被后来的某些读书人
信以为真。
真是可笑！

## 求收留

曹操小时候也是个调皮蛋，他叔叔
是个老实人，看不惯他天天捣乱，
告诉曹操的老爸要好好管教他。
曹操特别恨叔叔，一次去看叔叔，
他在马背上装作犯病，口吐白沫。
他叔叔吓坏了，赶紧告诉他爸。
他爸过来一看，
儿子这不是挺好的嘛，就问曹操
是咋回事？曹操装作委屈：
“叔叔一直不喜欢我，
所以巴不得我死才好呢，
我根本就没事儿。”

曹操他爸一听大为光火，
从此对弟弟不大理睬了。
曹操从此得以为所欲为，
他还抢劫过人家的新娘子。人们都鄙视曹操，
但是后来乔玄看到曹操却大惊：
“我活了大半辈子，
没见过你这样的人物，
将来安定天下的，必定是你，
如果我的家人以后过得不好，
他们来投奔你，希望你收留啊。”

## 五无

学习历史，可以无惑。

事能知足，可以无忧。

拜礼贤人，可以无痴。

结交高人，可以无罔。

若得佳人，可以无愁。

## 术与道

自古，诗赋文章，
蔚然成风，璀璨蓬勃。
但这只是术，形式也，并未近道。
道者，认识自然，感悟宇宙。
在天地变化中，
与阴阳同行，观大千世界。

## 几个决定

基因，决定了智商。
根基，决定了资源。
才华，决定了成绩。
运气，决定了机会。
机会，决定了上限。

## 技艺和人品

只要做到两条就行：

一，将一门技艺做到极致。

二，将人品提升到接近高尚。

具备了这两条，长安米贵，亦不怕矣。

## 认知

一个人的认知，决定了一个人所能
达到的高度。
从政也好，写文也好，科研也好，
经商也好，莫不如此。
认知如果有问题，那么他们跨越
不了相应的门槛。
认知，又取决于一个人的家庭背景、
经济基础、天赋、勤奋、运气、见识、
阅历等等。

不要尝试去改变一个人的认知，
除非他是你孩子。
最多也只能点拨或者引导。
他们没读过的书，他们没见过的人，
他们没经历的事，
他们没拥有的智商和天赋，
都限制了他们的认知水平。

于是，在人生的路上，一般与智者同行，与共鸣者同行。
这样，才能彼此看到对方的光。
才能看见更远的路。

## 三人行必有我师焉

并非每一个人都是老师。
视为老师得有一个前提：
择其善者而从之，
其不善者而改之。

## 人生不要总想着奋斗

如果一辈子都在奋斗，那就没多大意义。
水有缓急，路有曲直。
人生也有忙碌和闲逸。奋斗
到一定时候，应多一点诗和远方。

## 是金子总会闪光

金子不一定会闪光，假如被埋
在沙里，或被布蒙上，金子被人
发现，正如
千里马被伯乐相中，这才闪光。
虽然金子不一定会发光，
但被发现前，也要先成为金子。

## 远灯

一个人，只有果断告别过去，
才能够积极面对未来。
一个人，只有曾经有过深情，
才知道悲伤痛彻心扉。
一个人，只有珍惜昨天和善良，
才可以笑迎明日和春风。
没有认可，便不存在友谊。
没有欣赏，也不会有交情。
身边，百花灿烂，
为你开的，才是美丽的。
天空，万颗明星，
为你亮的，才是远灯。

# 参考阅读书单

## 第一批（20本）

《周易》
《鬼谷子》
《论语》
《大学》
《中庸》
《孟子》
《诗经》
《列子》
《商君书》
《韩非子》
《孙子兵法》
《老子》
《庄子》
《管子》
《墨子》
《阴符经》
《慎子》
《礼记》
《道德经》
《荀子》

## 第二批（30本）

《山海经》
《黄帝内经》
《本草纲目》
《盐铁论》
《菜根谭》
《围炉夜话》
《小窗幽记》
《曾国藩家书》
《贞观政要》
《古今图书集成》
《左传》
《史记》
《资治通鉴》
《汉书》
《三国志》
《蔡东藩二十四史》
《古文观止》
《世说新语》
《容斋随笔》
《浮生六记》
《红楼梦》
《三国演义》
《西游记》

《水浒传》
《金瓶梅》
《儒林外史》
《官场现形记》
《老残游记》
《孽海花》
《二十年目睹之怪现状》

**第三批（50本）**

《汉赋》
《唐诗三百首》
《宋词三百首》
《元曲三百首》
《唐宋八大家散文》
《毛泽东诗词》
《徐霞客游记》
《陶潜全集》
《文心雕龙》
《茶经》
《中国哲学史》
《封神演义》
《搜神记》
《聊斋志异》
《东周列国志》

《西方哲学史》

《国富论》

《精神现象学》

《作为意志和表象的世界》

《资本论》

《论自由》

《物种起源》

《弗洛伊德心理学》

《相对论》

《存在与时间》

《理想国》

《存在与虚无》

《悲剧的诞生》

《形而上学》

《人性论》

《君主论》

《社会契约论》

《战争与和平》

《复活》

《静静的顿河》

《老人与海》

《简·爱》

《高老头》

《钦差大臣》

《百年孤独》

《巴黎圣母院》

《呐喊》

《茶馆》

《白鹿原》

《废都》

《活着》

《芙蓉镇》

《生死疲劳》

《骆驼祥子》

《平凡的世界》